열려라 참깨

이정미 시인은 1957년 전북 익산에서 태어나 이리 남성여자 고등학교를 졸업하고, 덕성여대 영문과, 고려대 대학원 교육학과를 수료, 동 대학원 비교문학 석사를 졸업했다. 그는 학교에서 학생들을 가르치며 사회적으로 다양한 활동을 왕성하게 했다. 2011년 6월 30일 SBS 〈순간포착 세상에 이런 일이〉 패셔니스타 영어선생님, 2014년 1월 2일 전주방송 〈전북인 이야기〉 뷰티풀 우리선생님, 2014년 10월 12일 전주 MBC 〈생방송 뷰〉 떴다! 패션여왕, 2014년 12월 30일 전주 MBC 〈생방송 뷰〉 베스트 오브 더 베스트(연말 특선 토크쇼), 2016년 10월 22일 전주 MBC 〈개인사 편찬위원회 3회〉 익산의 패셔니스타 이정미 선생님으로 출현했다. 2017년 『미래시학』 신인문학상으로 등단했다. 현재 30년간 복무한 이리남성여자 중학교 영어교사를 퇴직을 앞두고 있는데, 앞으로 계획은 읽고 쓰면서, 그동안 간직한 텍스트를 유튜버 활동으로 세상과 소통할 계획이다. ljbeauty@hanmail.net

황금알 시인선 199

열려라 참깨

초판발행일 | 2019년 8월 29일

지은이 | 이정미
펴낸곳 | 도서출판 황금알
펴낸이 | 金永馥
선정위원 | 김영승 · 마종기 · 유안진 · 이수익
주간 | 김영탁
편집실장 | 조경숙
표지디자인 | 칼라박스
주소 | 03088 서울시 종로구 이화장2길 29-3, 104호(동승동)
전화 | 02)2275-9171
팩스 | 02)2275-9172
이메일 | tibet21@hanmail.net
홈페이지 | http://goldegg21.com
출판등록 | 2003년 03월 26일(제300-2003-230호)

ⓒ2019 이정미 & Gold Egg Publishing Company Printed in Korea
값은 뒤표지에 있습니다.
ISBN 979-11-89205-43-0-03810

*이 도서의 국립중앙도서관 출판예정도서목록(CIP)은 서지정보유통지원시스템 홈페이지(http://seoji.nl.go.kr)와 국가자료종합목록 구축시스템(http://kolis-net.nl.go.kr)에서 이용하실 수 있습니다. (CIP제어번호 : CIP2019030172)

열려라 참깨

이정미 시집

황금알

초등학교 3학년 때 아버지와 둘이 본, 시내 극장에서 제목은 잊었지만(아마 '아라비안나이트'가 아니었을까?) 충격적인 장면은 평생 겪은 경험 중에서 가장 커다란 문화 충격이었다. 머리에 터번을 쓴 아랍인이 검은 회색빛의 커다란 바위 앞에서 '열려라 참깨'하고 주문을 외우니 바위가 자동 미닫이문처럼 스르르 열리던 그 장면은 '낯섦'이 가져다준 몸살이었다. 그러나 그 주문이 언제 어떻게 간절함으로 다가올 것인지는 상상조차 할 수 없었다.

간절하면 통한다고 했던가. 소중한 것을 잃어버린 절절한 감정은 까맣게 잊고 있었지만, 무의식에 깊숙이 가라앉았던 마법의 주문인 '열려라 참깨'를 떠올렸다. 그 주문은 '아라비안나이트'라는 책 속에서만 의미 있었다. 현실에서 울릴 공허함은 가슴의 생채기에서 흘러내린 진물로 이미 봉퉁아리진 뻑뻑해진 심장의 둔탁한 외마디로 간신히 봉합되었다.

그러나 '예술'이 존재하는 한 '열려라 참깨'의 주문은 계속될 수밖에 없다는 것을 잘 알고 있다. 또 그 주문을 외우는 일이 시인의 마음에 둥지를 틀고 바위를 산꼭대기까지 끊임없이 굴려 올려야 하는, 시지프스의 형벌인 것을 이미 운명으로 받아들이고 있으므로. 삶이 지속하는 한 '열려라 참깨'의 주문은 영혼의 주머니 속에서 달그락거릴 것이다. 그 열쇠를 꺼내어 시동을 걸어야만 날마다 힘주어서 한 걸음 한 걸음 뗄 수 있을 테니까.

말복 즈음 이정미

차 례

1부 바오밥나무 봉선화

2부 출구 상실

3부 햇빛 속에 도망친

4부 상사화

1부

바오밥나무 봉선화

봉선화

봉선화 꽃잎이 술잔에서 맴돈다.
반쯤 쉰 아버지 메나리 소리
뒤로 젖힌 고개
목청껏 꺾어진다

깡마른 몸매에
왼편 허리춤에 갖다 댄
고집 센 손아귀는
허물어질까 다시 추슬러보는
아스라한 젊은 날의 꿈

흩어진 꿈 매만져주는
울 밑에 선 봉선화
꽃잎이 술잔에서 맴돈다
갈라 터진 입술 사이
목쉰 소리 풀어헤치며

노을을 넘어가네
— 바오밥나무 봉선화 1

땅 위로 뻗어 간 밑둥치
나무를 뽑아 거꾸로 세운 듯
색다른 생김새
많은 것 말할 것 없이
그냥 생긴 그대로

큰 나무 둥치는
서른 명의 아름드리에도
닿지 않아
두세 가닥 인삼 하체로
봉퉁아리진 튼실한 줄기
농가 앞 봉선화를 그리워하며
터벅터벅
노을을 가네
오늘도

대문 앞 봉선화
— 바오밥나무 봉선화 2

봉선화 한 그루 시골 농가 대문 앞에 우뚝 버티고 있었다
작은 식물 바오밥나무였다
본래 줄기는 봉퉁아리져서 몇 가닥의 인삼 하체였다
쏟아 붓는 태양의 작렬에 녹아내리다 용암으로 굳어졌
는가

울 밑에 선 여릿한 자태는 간데없고
햇살의 따가움과 바람에 씻기어
바다에서 소금 바람에 내어 말린 선원의 등짝
떡 벌어져 땅 위에서
꽃대궁 색깔도 구릿빛으로 물들고

누구를 맞이하려는가
굵은 모가지로 받아치는 분기탱천한 땡볕
애달픈 그리움은 설 곳을 잃어
나무의 우직한 탄탄함으로
서러움일랑 걷어차 버리게나
장독대 뒤편 그늘에 몸 기대어
언니들의 손톱 위에서 한 줄기 빛이었거늘

보아라
애절한 한의 가락으로 연명하던 울 밑에 선 봉선화
백 년의 세월 겪고 나니
땅 위에 딱 버텨 봉퉁아리진 불룩함과 구릿빛 갈색
다시는 흔들리지 않겠다는
우렁찬 함성
뒤로 물러서지 않겠다는 뿌리의 내뻗음
바오밥나무 봉선화
찾아 나서겠네

플라멩코 춤사위
— 바오밥나무 봉선화 3

젊은 날은 피어오르는 안갯속에 갇힌
소독 연막차 연기처럼 금새 사라지질 않아
한낮 대중탕에 혼자 앉아
흥얼대는 철 지난 유행가
매표대 아가씨 미닫이창을 밀고
빼꼼히 고개 내민다

데어~ㄹ 워스 어 빅 츄리 인 더 빌리지
발랄하게 울려 퍼지는 영어시간 챈트송
아이들과 함께하는 무대 위의 공연
스페인에서 플라멩코 공연 관람에 혼을 내맡겨 본 적
있어
인터넷 동영상 흉내라도
바오밥나무처럼 하늘로 열정을 쏘아 올리고
생채기 진물은 따따딱닥 따닥닥
마루판을 굴려가며
봉퉁아리진 울퉁불퉁 현란한 발동작

손가락 끝은

벽력같이 하늘로 뻗어 가고
희부연 허벅지는
조명등 아래 빛을 뿜어내며
그런 발동작이 가능하기나 한지
봉선화 그리움으로 봉퉁아리진 소리
따닥따딱 따따따닥 딱딱딱

꽃잎 찧어 무명실로
— 바오밥나무 봉선화 4

요즘 세상에도 상록수 영신의 길을 걷고자 하네
가을 추수가 걷히면
땅 돋우어 집짓기를 시작한다네
서울 어떤 대학에서 학위를 받고
오랜 연구 생활 모은 몇 푼 돈
농촌을 살맛 나게 일구는 데 쓰려 한다네

젊은이들도 돌아와 살고 싶은
노인분들도 외롭지 않은
오순도순 말동무 하며
이파리마다 정 매달은 아름드리 바오밥나무들
우뚝우뚝 하늘로 솟아오르고

느티나무 그늘 아래 평상에 앉아
도란도란 봉선화 꽃잎 찧어 할머니 손톱에
무명실로 꽁꽁 동여매 주려 한다네

일용할 양식
― 바오밥나무 봉선화 5

젊은 날
그늘에 핀 봉선화로
가냘프게 흔들렸지
분별없는 4월의 그리움
무작정 슬리퍼 차림으로 버스에 오르고
정작 내릴 곳은 없어
창가에 대고 내릴 곳을 찾아 헤맸네
두 눈은 더듬이 촉수
흙내음을 핥아야 사는

중년의 일터가 내 바오밥나무였지
아침에 집 나서
이슥한 저녁 돌아오는 내 집은
아늑하고 한가로웠네

바오밥 나무 아름드리 둥치로
한 걸음 한 걸음
한 생의 저녁 눌러 밟고
봉신화의 붉디 붉은 꽃물로
어둑한 저녁 손톱 물들이겠네

오막살이 집 한 채
― 바오밥나무 봉선화 6

넓고 넓은 바닷가에 오막살이 집 한 채
늙은 아비와 어린 딸이
처마 밑 작은 꿈 이어가던 곳

조그맣게 오그라든
한 마리 달팽이
따뜻한 밥 눈물로
아버지 피골을
어루만지기도 하였지만

차디찬 세월 불쑥 손 내밀어
고기 잡던 아버지
숲 속으로 끌고 갔네
혼자 남은 어린 딸
혼자 걷는 오솔길

사라진 아비와 늙은 처녀
한 판
아슬아슬한 곡예를 하네

한 손에 부채를 들고
무명 버선발로 줄을 고르며
앞으로 나아갈 때 고른 숨 내뱉고
뒤로 물러갈 때 땀방울 떨구고

철모른 딸인 줄 몰랐네
어느 날부터인가
사샤미 짐대에 올아셔
해금 혀는 늙은 처녀가*

* '사샤미 짐대 올아셔'와 '해금 혀는'에 대한 주석.

외로움은 비를 맞아가며
— 바오밥나무 봉선화 7

그 나라에서는 4월부터 8월까지 부슬부슬
비가 내렸어요,
집 밖에선 그다지 춥지 않았으나
방 안에선 온몸이 추워서 덜덜 떨렸어요
난방이 안 되었고 콩기름 돌고 있는
라디에이터 한쪽을 떼어 놓은 거 같은 게
전부였어요.
날씨만 좋았어도 그렇게 외롭진
마음에서도 항상 차가운 비 내렸어요

월드컵 축구가 열리던 해였죠
내 축구 사랑이 뜨거웠지만
그 나라 인터넷 사정은 안 좋았죠
월 3만 원 내고 노트북에 연결한 인터넷
시원치 않아
축구 경기 중계되는 새벽 한두 시
십 분 거리 큰 레스토랑으로 달려나갔죠
쓸쓸한 비 추적대는 어느 도시 하늘
영어공부 외로움을 달래고 있었죠

레스토랑에서 사십 개 멀티 티브이 속
뜨거운 축구 열기로
그때 비 맞던 봉퉁아리진 봉선화
간신히 꽃잎 피워 올렸죠

봉선화 꽃잎 몇 개 띄우듯
— 바오밥나무 봉선화 8

히말라야 깊숙한 마을
막내딸이 오빠처럼
카트만두에 가서 공부하고 싶다고 졸라대네

예닐곱 명 함께 짐 꾸려
며칠을 석청이 있을 만한 곳 찾아 헤매네
높은 절벽 초승달 모양
제법 커다란 석청을 발견하면
맨 처음 대나무 잘라 사다리를 만들고
대나무 껍질로 밧줄 만드네
힘이 많이 드는 일
밥을 지어 든든하게 먹어 두네
대장이 꿀 따기 전
몇 명이 바구니에 나무 이파리 가득 담아
불을 피워 벌들 먼저 쫓아내네

대장은 몸을 묶고 흔들거리는 밧줄에 의지해
석청을 따내 자그만 바구니에 내려보내네
여차하여 중심을 잃고 그대로 떨어지면 끝장이네

벌들은 꿀을 지키기 위해 필사적으로 달려드네
오직 더 많은 돈 벌어 자식 뒷바라지
천만다행으로 이번 석청 원정길도 무사히

예닐곱의 아비들은 홀쭉해진 식량 배낭
석청으로 대신 부풀리고
가장 위험을 무릅쓴 대장이 두 몫을 받고
다른 아비들은 똑같이 나누어
마을에 돌아와 양을 잡네
봉퉁아리진 고단함의 여정을 부려 놓고
양고기 손으로 쭈욱쭉 찢어 나누고
뜨거운 물 찻잎 넣어 우리네
봉선화 꽃잎 몇 개 따서 띄우듯

막내딸이 웃으며 지켜보네

빚쟁이 세월
— 바오밥나무 봉선화 9

봄 햇살 방안으로 기어들지 못했다
머리칼이 젖어 축축한 땀으로 쉬지근했고
온몸을 적신 땀 그늘에 꽃대 휘어진 상사화
얼기설기 가슴에 열꽃 지져대었다
한약방의 가슴애피라는 진단에도
자리 털지 못한 열아홉 서서히 시들어 갔다

자그마한 커피 가게에서 말했다
형사들 자기 집 표시하기 위한 지붕 위에 **빨간** 바지
던져 놓고 갔다고
아니 무슨 알리바바와 40인의 도적도 아니고
새로 지은 꽤 큰 집이라 그럴 필요도 없었겠는데
대학에서 짭새에게 곤봉으로 맞은 후 뒤죽박죽되었다

다 버리고 결국 떠나오던 날
못하는 소주 한 잔
겨울철 열차의 난로에 데어버렸다
텅 빈 청춘은 도시 하늘을 떠났고
몇 개월 골방에 갇혀

목쉰 그리움 각혈과 같은 하얀 연기로 뱉어내었다

세월 떠내려와
이제 여기까지 터덜터덜 혼자 걸어 왔으니
웬만큼 빚쟁이 세월
거두어가도 되는 거 아닌가

땅심 받은 백합
— 바오밥나무 봉선화 10

어린 마음에 무엇이든 뭉툭하고 땅딸막한 것보다
매끈하고 길쭉한 것이 좋아 보였다.
땅딸막한 사람을 일컬을 때도 가지 봉탱이만 하다고
시골 사람들은 말하였다.

우리 집 화단에 백합이 한두 그루
그때 보았던 줄기는 완강하게 버티고
장작개비로 느껴질 만큼 탄탄하고 땅딸막했다.
물을 주지 않았어도 척박한 땅에서
땅심 받아 줄기차게 꽃을 피워 냈다.
향기가 진한 꽃은 쉬이 사그라지지도 않았다.
그때는 몰랐다.

중년을 지난 어느 때부터 그 백합을 그리워했다.
비가 오지 않아 마른 땅에도 아랑곳하지 않고
꿋꿋하게 버티며 지하의 습기마저
온몸으로 빨아들여 땅심 딛고 피워 올린 꽃잎

딱 벌어진 한두 그루 백합만으로도 풍성하였다.

연보랏빛 옥잠화는 무리 지어
도톰한 상아색 백합을
온전하게 보필해 주었다
환갑맞이한 마음속
오롯이 간직한 백합
땅심 받아 피워 낸 호롱불 동무 삼아
어둑해진 인생 저녁 길 나지막이 걸어 보았으면

심장의 더듬이로
― 바오밥나무 봉선화 11

사 대 걸쳐 줄곧 시 쓴다는 얘기 들어본 적 없어요
아버지도 할아버지도 증조할아버지까지
나조차 시를 쓰겠다고 마음먹은 적 없고요
스물아홉 새벽에 밥상머리 쪼그려 앉아 쓰고 있을 때
아버지는 한심하다는 듯 단호한 말투로
이젠 시까지 쓰고 자빠졌네

그렇게 시작된 써지는 대로 또는 안 써지는 대로
무엇을 위해 시작하지 않았으므로
아버지의 현대 시 8편과 정형단시 200여 편
할아버지의 한시 303수
증조할아버지의 한시 43수
그리고 나의 시는 현재진행형
시는 심장의 더듬이로 짜내는 인생의 그물망
그물망에 걸린 곤충 한 마리의 외로운 사투
시어의 혹은 시상의 아찔한 곤두박질
먹잇감을 쟁취한 거미의 승리는
활자로 남겨진 시어들의 다소곳한 나들이

깊숙한 서가의 모퉁이를 돌아 가볍게 숨바꼭질하다가
가만히 술래 뒤로 다가가 앉은키로 낮게 숨어있다가
탁탁탁 의기양양하게 펼쳐진 책장 사이로 동공을 키운다
그리하여 심장의 더듬이였다가 마침내 심장에 구멍을
뚫는 세찬 낙숫물이 된다.

투탕카멘의 황금마스크
— 바오밥나무 봉선화 12

투탕카멘은 열아홉에 세상을 떠났다지
그리고 몇 천 년 죽음의 방에서 누워 있었지
마침내 파란색과 황금색이 조화를 이룬 황금 마스크로
우리 앞에 황홀하게 나타났지

그와 다른 시대를 살고 있는 우리에게는
십구 년 살았던 그의 생이나
오시리스 죽음의 신 안내를 받고 누워 있었던
몇 천년의 세월이나
박물관에 누워 관광객을 맞고 있는 지금 시간이나
다 똑같아 우리에게는

마흔다섯에
카이로 박물관에서 투탕카멘의 황금 투구를 마주 했었지
완벽한 조형물의 극치
계곡의 무덤 속 삼천사백 년 건너뛰어
한순간 다가왔지
하지만 나에겐
람세스 2세를 닮은 굵고 긴 목 잘 생긴

서른다섯의 이집트인 현지 여행가이드
열흘 동안 내 마음 설레게 했지
열아홉 최고 권력자 투탕카멘 황금 투구보다
나일 강 물결 위 넘실대던 내 중년의 그리움

쌍화점

갈대 사이로 떠내려오는 바구니에 담긴 아기
나일강의 유대인 희망찬 역사에 노를 저었지
하류에서 상류로 거슬러 오르는 강가 돛단배
하얀 긴 옷을 입은 아랍인 사공과 가녀린 까만 머리 동
양 아가씨
쌍화점의 틀림없는 주인공이면 어때

크루즈 선내 아랍 노래 대신
숨 가쁜 유럽 곡 요구하였지
신나는 곡조에 땀내 비벼 섞고
람세스 2세 닮은 젊은 아랍인 가이드 회회아비가
눈빛 한없이 비비 꼬아대었지
둥근 선상 테이블 돌아와
숨 고르고 둘은 눈빛만 씨근덕거렸지
그때 회회아비와 같은 나이
한국인 이혼녀가 동석하였네
연체동물의 빨판을 지닌

얼마쯤 흘렀을까

테이블 위에선 흰 이를 드러낸 함박웃음이
테이블 아래선 이혼녀의 끈적한 손바닥이
회회아비 불룩한 허벅지를

이 소문이 번지면
늘어지게 춤 잘 추던 노처녀 네 탓이라 하리라
나도 자러 가리라
그 잔 곳같이 난잡한 데가 없으리*

* 쌍화점 후렴구.

2부

출구 상실

바람 소리

우리는 서로 까마득하게 잊고 살았네
한 번도 기억 속에서 꺼내어 볼 일 없이
바쁘다거나 서로에게 무관심해서라고
말할 수조차 없는 망각의 강을 건넜던 게야

그러나 서로의 이름은 잊지 않았지
오랫동안 무심히 흐르고 있는 뒷동네 실개천
갈라 터진 틈새들처럼
무엇이 서로의 이름을 불러 세웠을까

그건 알 수 없는 한 줄기 회오리바람 타고
휘영청 달빛의 눈 부심 때문일 거야
혹은 몇 겹을 돌고 돌아 어느 바람 부는 봄날
힘차게 창호지를 뚫고 병풍 너머
하얀 나비 그리워하는
목쉰 바람 소리의 한숨일지도 몰라

기다림

아무리 도리질하려 해도
키 큰 봄 햇살은 동구 밖 느티나무 옆에서
주춤거리며 망을 보더니
버들강아지 싹 눈 하나 눈 맞춤 하고
어느 틈에 옆에 다가선다

버들강아지 솜털로 콧속을 간지럽히고
개나리는 노랑으로 소스라치고
진달래는 자꾸 산속 바위틈으로 잡아끈다
장난질하고 놀래고 유혹하는구나
그 속에서 한바탕 놀아보자꾸나
흰 머리카락조차 위에서 마구 흩날리는
벚꽃잎 수북이 쌓이는 푸석한 덤불 자리
빛나는 쓰임새거늘

으라차차 두둥둥
한 해가 한 시절이 한세상이
또 오네요
하연없이 하릴없이 하느작거리며

모항에서

반백 년 돌아온 모항 포구에서
두 손 잡고 마주 선다
나풀거리는 냉이와 쑥
그리고 봄동 꺼내고
갯벌에서 캐 담은 해금내 나는 바지락도 쏟아 붓는다
구수하고 칼칼한 나물국에
고향 봄내음 다숩게 한 바퀴 돌아 떠돈다

세월의 덧없음은 바짝 마른 입술 위에
허연 분가루 주저앉히고
서로를 바라보는 눈동자
잃어버린 먼 먼 향수마저
낮게 가라앉는다

아니
꽃샘추위도 떨쳐 버리고
등 밑에 부러뜨려 눕혀 논
진달래 가지
미안하다 소리치고 냅다 달음박질치는

숨 가쁜 오월
헐레벌떡 뒤 쫓아 뛰어갈거나
고무신 뒤꿈치 발갛게
까여가면서

홍시

껍질이라고 하기엔 너무 얇아
비닐막처럼 얄포름한 것이
뾰족한 부분의 작은 까만 점
벗겨내면 돌돌 말리며
너무 살살 벗어지는 게
믿기지 않아, 참……

말랑말랑한 살결의 보드라움
태양의 뜨거움과 서리의 차가움
오동통한 온몸에 가득
이슬로 맺히기 전 솟아오른 해님의
혓바닥에 씻긴 마알간 미소

거르지 않고 찾아 주는
까치 몇 마리
기꺼이 살점 다 내어 주고
외롭지 않게
흔들어 주는 이파리들 몇 개

돌아가시기 몇 해 전 가을
홍시를 무척 좋아하시더니 탈이 붙었지
관장 처음 해보셨지
너무 고생하신 후 찾지 않으시던
그때 그 홍시인지

올 늦가을 서리 맞아 더 새침해진
붉디붉은
홍시

공무도하가
— 아소 님하 그 강을 건너지 마오

아껴둔 꽃신 신고
장날 한쪽 모퉁이 국숫집에 들어섰다네
힐끗 바라보니
입가에 미소가 필 듯 말 듯

신혼 시절
가고 싶은 대로 떠나가라는
슬픈 편지를 받고도 바람개비의 팔랑거림을 기억하는
서릿발 듣던 왕방울 우박은 아니었거든요

한창 열심히 일하던 시절
술집 여자에게 마음을 두더니 집에 있는 언니 보고 싶
다며
한밤중 집 앞까지 따라 왔더래
대문 옆 골목에 앉아 불룩 솟은 흙이 패일 때까지
술 먹은 오줌을 주체하지 못할 때
몇 개의 하얀 알약들 스웨터 주머니 속에서 달그락거
렸네

공동 우물에서 쌀을 씻을 때
이웃집 아주머니들 신기해했네
그 조금 쌀로 식구들 끼니
뒤웅박이나 알아차릴 재주 지녔노라고

나 이제 떠나고 싶으오
주어진 운명 내 밥그릇에 퍼 담느라 안간힘 쓰다가 떠
나가오
그 길다란 검정 망토와 검정 사각모가 그리 고왔을까
요

참게장

갓 버무린 봄동 겉절이가
또 애호박 숭덩 된장 한 술 학독에 갈은
고추다대기 풀어 풋고추 알싸한 꽃게탕이
밥솥에서 쪄낸 깻잎찜
돼지고기 숭숭 썰어 짜박한 김치찌개
밀가루에 뒹굴려 조그만 소쿠리에 쪄 양념간장 어우러져
야들한 속살 입안에서 톡 터지는 애기 고추가

그래도
참게장 당할 순 없지
재래시장 암 참게들 단지 안에 차곡차곡
생강 마늘 청각 생밤 빨간 고추 가는 채썰기
게딱지 벌려 알이 있는 쪽
실고추로 사알살 꽃치장 하고
딱지 고이 닫은 후
맨 나중 잘 씻어진 무거운 돌 아래 얌전히 눕힌다

전통한지 모가지 싸매고 고무줄로 동여매어
몇 차례 끓인 간장 식혀 부어

그늘에서 몇 달 고개 묻고 다소곳하게
드디어 하얀 접시에 올라온 스멀대는 향기
간지럼처럼 타고 오르는 노란 알 간장 맛
암록색 청각에선 짭쪼름한 바닷바람
생강과 쪽마늘은 구름이 빚어낸 혀끝의 단비

깻잎 김치

싱싱한 깻잎들 큰 함지박에 풀어
둥둥 떠 있기 얼마쯤
깨끗하게 헹구어져 대나무 채반 한가득
대 여섯 이파리들 켜켜이 쌓고
꼭지 부분 움켜쥐고
여러 번 탁탁 물기를 쳐내고

다진 쪽파, 마늘, 생강, 양파 조금씩
고춧가루, 깨소금, 간장, 참기름 뒤섞인 양념장
댓 장씩 한 묶음으로
알맞은 스테인리스 김치 통에
가지런히 가지런히

고무패킹 뚜껑 달린 스테인리스 김치 통
빈틈 없이 갈무리
며칠 지나
밥 뜸 들일 때
뜨겁고 뜨거운 사우나

코끝에 스미는 깻잎 향기
이럴 때
앗,
열려라 참깨!

알리바바와 40인의 도적

열려라 참깨
스마트폰 홍채와 지문 인식
불과 몇 년 전 최첨단 기술

수 천 년 전 어마무시한 일이 있었네
바위 앞에서 홍채와 지문 인식 뛰어넘는
암호와 목소리 인식

현대판 바위문 아파트 앞에서 도어락 덮개를 젖히고
몇 개의 숫자들을 톡톡톡 두드리면
또로록 철컥 문이 열리는
최첨단 기술
수천 년 전 동굴 바위 문앞에서
목소리와 암호 인식
드르륵 열렸다는 천일야화 이야기
태양으로 날아오르던 이카루스 상상의 날갯짓

이카루스의 날개 알루미늄으로 바꾼 현대인들
에너지 쏟아 부어 어디에서 어디까지

진짜 날아갈 수 있어
얼마 후엔 달이나 화성 사는
사람도 만나보고
반나절 만에 자기 사는 곳으로
사뿐히
그때 입을 최첨단 우주복
암호와 목소리
수 천 년 전 이야기 타고 햇빛 속으로
열려라 참깨!

출구상실

알리바바와 40인의 도적은
열려라 참깨! 암호 하나면
바위문도 열리었다.

여러 차례의 출구상실
여전히 욕망은 울음을 끙끙 앓고
괴저에 가까운 상처에도 아랑곳없이
부끄러움 모르는
오월
완고한 그리움
통째로 띄운다.

욕망은 숨이 차다.
헬렌이여! 가장 힘센 남자를 따르라.
미혹을 운명보다 더 강하게 흩뿌리어
잠시만 깨금발로
잠시만 더

수식어를 잘라 버린 간결한 말투만큼

출구는 어이없이 막혀 있고
암호마저 잃은 절박함
가로 놓인 시간의 강에
교만하게 힘찬 절벽의 산으로
오월의 배를 띄운다.

아라비안나이트에서는
분명히
그 암호로 바위 문 열리었는데
미움보다 단단한 마음의 문
어떤 암호일까?
열려라 참깨!

하얀 나비를 보았어요
— 그녀의 명복을 빈다

내가 가는 이 길은 색깔이 없어요
배추꽃에 앉아 있던 흰 나비가 잡아끄는
아지랑이 가물거리는 봄 언덕이 아니예요

원추리꽃 훌쩍 담장 가에 솟아 있던
매미 울음소리도 그쳐 버린
그 눅눅하던 여름날의 칙칙함보다
더 무겁게 가라앉았던 시골집 정적을
눌러 밟고 가는 그 길도 아니예요

흰 깃발 만장들이 떼지어 일렁이고
참새 떼가 누우런 벼밭에서 깡통 소리 울리며
아버지 어머니가 먼저 가시던
그 가을 길도 아니예요

아무런 풍경이 없어요, 아무도 안 보여요.
손짓할 기분도 아니예요
나는 단지 빨리 어서 빨리 색깔이 없는 곳으로
도망치고 싶어요.

나인 나도 싫어요
색깔이 없는 이 길이 맘에 들어요
한없이 오래 걸을 거예요. 죽을 때까지.

헌화가

새벽도 힘차게 밀려오기를 저어하며
천상의 시간을 벌고 있었나 보다.
적막한 가슴 마른 한숨 뱉고 마시는
먼지 바람 벌판 기웃거려 본 일 없는
절색의 수로부인
사알짝 볼우물 미소를 지셨나 보다.
그 웃음에 사지가 맥 빠졌는데
벼랑 가 붉은 꽃 눈앞에서 피었다.
꽃에선 수로부인 향내가 났다.

볼우물 미소가 지상의 의미가 아니라 한들
깎아지른 벼랑아래
육신은 까마귀들 풍어가에 눈물 마르고
영혼은 풍어가 가락 따라
처처를 돌고 떠돈다 한들

헛디딘 벼랑가
살갗 벗겨진 흙조차 고이 어루만지며
이번엔 어김없이 수로 부인 두 손에
붉은 꽃 꺾어 바치리다.

천년의 고독

천 년 전부터
무등산 골짜기 조그만 발등
온몸 부리며 반짝이는 햇살에
순간처럼 부서지던
두 손안에 가득 고인 시냇물
그리운 이의 입술에 영원으로 부어지고

천 년 전부터
골방에 갇혀
진달래 빛 그리움은 멍하니 목이 쉰
봄날의 아지랑이

천 년 전부터
영광의 노래로 빛나는 소도시 다방 글로리아
갓 감아내 손질 없이 헝클어진 파마머리
여월 대로 여위어 쿨렁해져 버린
너의 손가락 빗질 삼아
한 가닥 한 가닥 그리운 시간들
헤이며 깊이 내고

망토 자락에 휘감기어 숨겨진 중세 수도승
그 팍팍한 무릎
고행의 하루하루 지쳐 버린 너의 세월은
구혼 거절당해 목매 자살한
아마란타의 약혼자 호세 아르카디오

실로 고독에 타죽은 불나비 염력
무척 오랜만에 대하는 이마의 하얀 뼈
낯설지 않은
천 년 전에 죽은 너의 모습
소리쳐 내지르던 외로움

흰 뼈가 드러나는 커다란 손등
어림없는 따스한 눈물을 훔쳐 주었지만
천 년 전부터
아무하고도 말할 수 없는
고이 간직한 그리움의 내출혈
낯선 병원
하얀 침상 누런 소의 눈

천년의 그리움
너는.

한

아사달에서 서라벌 푸른 숨 차오르며
쑥 향기 말갛게 젖어 내리고
처용 아내 다리가 넷에서 둘로 진화되는 기간이라야
또 한 번 거슬러 사는 세상
한사코 마다하시는 어머니의 일흔
그래도 더 긴
긴

일억오백만 년은 불가지의 처참한 늪
사진 속 원형 가까운 공룡 알
광속보다 빠른 중앙아시아 페르가나 산맥 우주선 시승자
그때 거기
지금 여기
시간은 잔인하게 살해되고

우리가 보듬는 하루살이
해돋이의 물 머금은 생긋한 발기와
속살 하얀 별빛의 단내 나는 흐드러짐
온전한 결합

한데
수십억 년 지구에서 가장 오랜 암석과의 사랑
바위에 눌린 불감증은 아리게 할퀴어
바람마저 굳은 피에 갇히어 불지 않을지 몰라

오늘 내가
해외토픽 사진 속
페르가나 산맥 공룡 알 보듯
일억오백만 년 앓고 난 후
그래도 생살로 남아 있을 공중의 무지갯빛 병
그게 몹시 걸린다.
그리움아

인생

바다 한가운데
배는 하얀 물보라의 목덜미를 꼿꼿이 일으켜 세운다
후미에선
지치지 않는 물보라의 흰 함성
일제히 길길이 일어서 뛴다

산으로 물로 바람으로
그립고 아픈 목소리로
시각을 다투어 살았던 시인들
공중에서 해체된 물보라 기둥 속
가는 목덜미 뽑고
긴 빛을 뿜는다
물보라는 앞으로 고꾸라지듯 달려들지만
늘 고꾸라지는 법은 없다
배의 몸체는
완강한 물보라를 앞서 달리는
넋의 선구

그 물보라 무지갯빛

뿜어내는 시인들의 깊은 눈빛
허연 목덜미를 내밀고
배 쫓는 물보라
지치지 않는 물보라의 하얀 함성 속에서
시인의 눈빛을 줍는다

미상

한쪽 눈을 부릅뜬
청개구리
우주라는 망망대해 속에서
이리 뛸까 저리 뛸까
아무리 앞다리 뒷다리
구르고 저어도
겨우 이끼 낀 웅덩이 맴돌 뿐

한쪽 눈 부릅뜬
한 마리 청개구리
두 눈 부릅떠도 힘든 판인데
왜 한쪽 눈 만이냐고
더욱 불거져 두리번거리는
한쪽 눈

제아무리 힘껏 휘저어 보아도
깜깜한 어둠뿐
험난한 인생
그 비밀을

도저히 캐낼 수가 없을 뿐이네.

뽐내며 생의 한가운데
유유히 헤엄쳐 나와
겨우 손바닥만 한 연꽃잎 위에 앉아 보니
여기가 저기 같고
어제가 오늘 같고
네가 나 같으니
무엇을 알며 무엇을 모르느냐
무엇을 그리워하며 무엇을 미워하는 것이냐.

돌아눕는 강

손을 내밀면 떨고 있는 이파리에 닿을 수 있을까?
물로 스며들면 당신 발에 가만히 젖어들 수 있을까?
아련히 꽃내음 풍기면 나인 줄 알고
창 열어 줄 수 있을까?

초록 콩 줄기 무럭무럭 자라도
닿을 수 없는 곳
연분홍 진달래 수런수런 소리쳐
불러도 들리지 않는 곳
샘물 또랑또랑 휘돌아 괴어
그득히 그리움만 웅덩이진 그곳

참으로 제 그리움 들리십니까?
꽃잎 하늘거리며 떨고 있는 걸 보고
당신이 거기 계신 줄 알았습니다
며칠 전 산기슭 오솔길
오두카니 나앉은 쑥이며 돌나물에서도
풋풋한 당신 느낄 수 있어
그리 슬프지만은 않았답니다

바람 소리, 들풀 내음, 꽃 이파리 속에서
아직도 그 사랑 내 설움이란 걸
버려지지 않는 안타까움이란 걸
들 가에 핀 꽃들
당신 마지막 나들이
미륵산 오솔길 군데군데
그때도 보았던 그 풀꽃
몇 송이 움켜쥐어 뜯어봅니다.

3부

햇빛 속에 도망친

햇빛 속에 그을린 달빛
— 햇빛 속에 도망친 1

그때 도망치지 말아야 했어요
그대가 나를 피해 숨을 곳 찾아다닌다고
그늘로 도망치는 그대 보고도 모른 척했더라면
나는 지금쯤
그대의 팔베개에 고이 잠들었을까요

그때 도망치지 말아야 했어요
전화할께 전화할께
매일 안 해도 돼 말했던 것이
그대로부터 도망친 일이 되어버렸나요

그대 눈길 끌어안고
땡볕 아스팔트에서 아이스크림으로
녹아라도 보았으면
그대 손길 끌어안고
울둘목 해풍에 비벼라도 보았으면

햇빛 속에 그을린 여린 달빛으로 버거워
햇빛 아래 눈부셔 으깨진 봉선화 꽃이파리

햇빛 속에서
마냥 내달리고만 싶었던
햇빛 속에서
햇빛 속에서
도망친

뒤뚱거리던 마지막 통화
— 햇빛 속에 도망친 2

오십 여일 빼먹지 않고 전화 주던
믿음직한 매일 저녁
후배와 저녁 식사 테이블
알맞게 식욕 돋구워주었고
집에 가서 전화 다시 할게요
좋아하는 노래의 후렴구

긴 통화시간 양념으로 열 가지 이상 오엑스 질문
질문 겹치지 않게 메모까지 해두고
날마다 이렇게 온통 사로잡혀
무슨 일 일어날 줄 미리 짐작하였네
저녁 일곱 시부터 삼십 분 단위로 빛깔을 갈아입혀
지금은 저녁 먹고 씻을 테고
지금은 이제 잠이 들 시간

아침마다 보내주는 메시지 담긴 포토
그 날은 없었다
시큰둥한 오후
분노는 커져만 갔다

마음 떠나버렸다고 단정한 밤 10시 19분
쏘아붙였다
오해하기 딱 좋은 말들만

조금만 마음 덜 주었더라면 그 일 없었을까
조금만 더 많이 좋아했다면 그 일 없었을까
그러나 서로를 껴안아 주기엔 뒤뚱거렸다

햇빛 속에서
햇빛 속에서
도망친

햇빛 속에서 소금 기둥으로

— 햇빛 속에 도망친 3

전 재산 주고도 단 일 분도 살 수 없어
우리는 모두 바람 속의 먼지
더스트 인 더 윈드

햇볕에 쏘인 따가운 조바심
무거워서 끌어야 했던 두 박스 과일들
손사래 치며 달가워하지 않던 그대의 냉대
선글라스에 눈빛은 감추어진 대신
꽉 다문 일자 입술과 탄탄한 목
다시 한 번 흔들릴까 봐
이지러진 고뇌 삼키던 뜻밖의 모습
영화 대부의 몇 장면보다 훨씬 뚜렷해
햇빛 속에서 롯처럼 소금 기둥으로 굳어 버렸네

저기요,
그 날 쏘아붙인 잘못은
나를 떠나버렸다는 의심 방망이가 두둥둥
거친 심장 소리보다 더 크게 부풀어버려
깡그리 산통 깨 부셔버렸던 거지요

심장의 안타까운 즙액을 짜내어
멈출 수 없는 시들을 써 바쳐도
이젠
단 일분 목소리도 얻을 수 없어

햇빛 속에서
햇빛 속에서
도망친

깍지 낀 달빛 속에서
— 햇빛 속에 도망친 4

뾰족한 검정 구두 끝만
물끄러미 바라보며
처음 문 열고 들어갔던 가까운 도시 레스토랑
날카로운 시선으로 서로 스캔하던 만남
차를 마시고 계산대로 향한 일어서던 걸음을
황망히 두 손으로 잡아 멈춰 세웠던

두 번째 만남은
집에 데려다주는 차 안에서
손 꼭 쥐여 주며
손녀인 아가 사진을 본인 할아버지와 똑 닮았다는 살가움
따뜻한 심장을 지닌

아래쪽 자그마한 도시로 찾아 나섰네
장미공원 벤치에서 손잡고 들려주던 아슴푸레 동화 속 공주님 구두
휴일의 멋진 식당 뒤로 하고 좁은 골목길을 돌아
작은 고깃집 찾아들던

해당화 피고 안개 그윽한 바닷가
봉오리 아직 맺지 않은 연꽃 방죽가 공터
눈 맞은 망태 사랑 남녀가
달빛 숫돌 삼아 날 세운 핏빛 상사화
꼬깃꼬깃 숨겨 둔 서로의 손깍지에 얽혀들었던

달빛 속에서
어둠에 흘러 마냥 내달리고만 싶었던
햇빛 속에서
햇빛 속에서
도망친

나주벌 햇빛 속에서
— 햇빛 속에 도망친 5

보랏빛 라벤더 물결치는 들판
달려가고 싶었어
보랏빛 물결에 추파를 던졌으면
햇빛 속에서 보랏빛
어둠 속에선 오직 보랏빛 향기로만
서로를 알아볼 수 있었더라면

누런 보리 이삭 패이는
영산포 산논배미 끄트머리 보리밭
보리밭도 여귀 대 부러지듯 꾸역꾸역 꺾이고
보리꺼끄락 몇 개씩
옷자락 달라붙어 햇빛 속에서
나주벌 금빛 물결 산야였더라면

그때
꼬깃꼬깃 겹쳐 둔 손깍지 풀어헤치며
밤바다 별빛 속
마냥 내달리고만 싶었던

햇빛 속에서
햇빛 속에서
도망친

산통 깨진 인연
― 햇빛 속에 도망친 6

그대는 손잡고 홍도나 독도 가자고
뱃멀미 나지 않게 손 꼭 잡아 주겠다고
소년처럼 풋풋하고 가슴 뛰던 설렘을

버림받았다고 느끼던
원망과 반가움이 뒤범벅되어 쏘아 댄 세 마디 말
마음속 불안을 담아 마음 없는 소릴 쏴붙였는데
벗겨지는 신발 구겨 신고 일주일 만에 내달렸던
땡볕에서 기계 조립하고 있던
바래다주는 차 안에서 시커먼 선글라스에 눈을 감추고
단단하게 다문 일자의 입술만이 유일한 표정이었네

낯설기만 하던 검정색의 안경은
장막치고 그대의 진실한 눈빛 숨겨 버렸네
껍데기에 휘둘려 산통 깨진 짧은 인연
그렇게

햇빛 속에서 마냥 내달리고만 싶었던
햇빛 속에서

햇빛 속에서
도망친

햇빛 속에서 쏘아붙인
— 햇빛 속에 도망친 7

그대 천재와 바보를 오갔지요
첫 번 만남 머리에서 발끝까지 스캔하던
아인슈타인의 눈빛
어깨 나란히 메가 박스 영화관에서
바로 옆 두 젊은이 자리 옮기자
나이 먹은 사람들 사랑 나누라고
그때 숨소리 순박함 틱 장애인가 싶어 물끄러미

주물럭 오리 깻가루에 듬뿍 찍어 깻잎에 싸던
포도 넝쿨 천장에 주렁주렁 포도송이와 어우러진
기운 넘치던 주인아줌마
손님과 눈 맞아 도망쳤다는
식당 주인장의 넋 나간 자리지킴 어딘지 헐거워

밤 열차 티켓 두어 번 스마트폰으로 미루어 대던
우리 사랑 망태 사랑으로
이 세상 떠날 때는 무릎베개 눈 감고 고이

한국인의 평균 기대 수명 팔십

나이 차이 오 년
오 년만 연장해 달라는 카톡 메시지
비록 짧은 인연 봉선화 붉은 꽃이파리
장독대 그늘 밑 톡하고 거꾸러진다 해도

햇빛 속에서
마냥 내달리고만 싶었던
햇빛 속에서
햇빛 속에서
도망친

햇빛 속에서 시위를 당긴
— 햇빛 속에 도망친 8

갓 건져 올린 참치
탄탄한 근육
나이에 맞지 않는 부지런함과 건강함

번뜩이는 두뇌의 사업가
말소리의 억양과 톤은 청년 그대로
어느 땐 날카로운 발톱 숨긴 채
빙빙 맴돌기만 하는 솔개

짧은 만남에 한껏 부풀었다가
어느 날
잘못 쏘아 올린 불화살에 짚더미째 홀랑 타버려
절절한 시 한 편
메가 박스 큼큼 따사로운 공기 한 숨과
맞바꿀 수 있다면

햇빛 속에서
햇빛 속에서
도망친

다시 김치가 되어
— 햇빛 속에 도망친 9

고맙게도 친절한 경비 아저씨
바퀴 달린 조그만 캐리어에
무거운 박스 속
맨 위쪽에 파김치와 총각김치
배추김치는 부끄러운 듯 안으로 몸을 웅크리고
비닐 포장지 모가지 꽁꽁 동여맨 끈
잘 드는 가위로 싹둑

작년에 냉장고 사면서 받은 큰 사이즈 락앤락
세 개를 꺼내 씻고 마른행주로 시치고
실내 슬리퍼를 신고 바삐 싱크대로
냉장고 앞 넓게 펼쳐진 신문지 깔개로
111년 만의 뙤약볕 아래 제대로 약이 오른
새빨간 고춧가루에 뒤둥그러진 맛깔스런 김치
그대와의 헤어짐마저
깜빡

세계 최고가 되고 싶다던
— 햇빛 속에 도망친 10

이왕이면 세계 최고가 되게 해달라고 기도했어요
국내에서 최고가 되는 것도 꿈꿔 본 적 없는데
울둘목 바닷가 찻집에서
몇백 년 전 조선 해군사령관은 배 열두 척으로
백삼십삼 척 끌고 침략한 일본 군인들을 무찔렀으니
그 바닷가 물살 옆에서 들려주어서일까

이름을 남기고 싶다고
그런데 나에겐 고랭지 배추로 김치 담근 친구가
몇 킬로 보내주어 매일 저녁 따뜻한 밥 먹고
가볍게 졸았다가 깨었을 때
다디단 꿀잠을 누렸다는 그 기분 무지 좋아서
남기고 싶은 이름과 바꾸고 싶지 않아

한낱 고랭지 배추김치에 하루의 저녁 다 걸고서
또 다른 친구가 다음 주 주겠다는 김장 김치 몇 포기
세상을 다 얻은 듯 기뻐하는 졸리는 저녁
희부연 형광등 아래 눈꺼풀 무거워져
지난여름

장만했던 모시 홑이불
파고들어 가 안겨버렸네

햇빛 속에서
햇빛 속에서
도망친

햇빛 속에서 쓴

— 햇빛 속에 도망친 11

와~!!
누구로부터 매일 전화 온다는 게
믿기지 않았어

그 마음이 진짜였는지 아닌지 헤어진 후에야 알게 되
었어
　그 시절 매일 저녁 들려주던 목소리
　마음 전하는 목소리와 달리
　두 줄 문자 메시지도
　점점 줄어가던 무렵
　불안이 알맞게 부풀어 가고 있었어

　티브이로만 보았던
　건져 올려진 녹슬어 야윈 세월호 선체
　수많은 노란 리본들이 바닷바람에 마음 둘 곳 없어 흩
날리고
　울둘목 깊은 물살 유난히 잠잠하던
　생 복을 사주고 싶어 하던 그때는 행복했던가
　삼겹살 쌈 싸서 입에 넣어 줄 때

그 날이 마지막일 줄 전혀

미끄러져 찾아온 불안
그때가 밤 열 시 십구 분
쏘아붙였다고 그대가 느꼈던
세상이 온통 하얗거나 시커멓거나
인연이라면 그보다 더 한 일이었어도
인연이 아니라면 그 일 아니었더라도

한 번 깨져버린 인연은 얇은 봉선화 꽃잎
훠이 훠이
바닷가 해풍 짭쪼름한 공기 속
마른 굴비로 같은 비닐 끈 아래
잠시 둘 다 죽을 것처럼

햇빛 속에서
햇빛 속에서
도망친

김치가 되어
— 햇빛 속에 도망친 12

서늘한 바람 맞으며 몇 달 손꼽아 기다렸네
서릿발에 배추 끄트머리 이파리 살짝 꼬글거려도
시원하게 밑동까지 뽑혀 뭉툭한 식칼로
아낌없이 배추꼬랑이 쳐내 주어

굵은 소금 켜켜이 사지를 파고들어
커다란 고무통 안 하루 종일
물에 담겨 둥둥 떠다니다가
엄청 큰 채반에 홀라당 누워버렸네

먼저 꼬들꼬들 물기 빠진 맨몸에
양념 다대기가 쏟아져 마구 부벼댄다
사정없이 문질러댄다
머리에 수건 쓴 아줌마들 몇
손목을 몇 번 이파리로 휘감아 버린다
휘감긴 것 풀리고
아줌마들 점심으로 신선한 겉절이 되어

저녁때 아줌마들 수육에 얹혀

설거지 끝나고 절인 배추와 김장 다대기로 버무려져
지친 몸을 눕힌다
미끈한 고랭지 배추에 111년 만의 뙤약볕 맵찬 고추의
품격으로
깜깜한 밤길도 환하게 밝혀줄 새빨간 김치 되어
그대에게 안부 전합니다

햇빛 속에서
햇빛 속에서
도망친

열려라 참깨!
— 햇빛 속에 도망친 13

천 년 전에도 사람들은
'열려라 참깨'하면 열리기를 기대했나 봐
그러니까 바위문도 열리었잖아
바위문 열고 금은보화를 꺼내는 것이 가장 큰 소망
지금도 '열려라 참깨'하면 상대방의 진심 알 수 있다면
거짓말에 재산 바치지 않고
거짓 사랑에 애간장 태우지 않을 것을
오롯이
진짜를 진짜만을 찾아 헤맨다고
사람들 더 많은 재산과 시간과
애간장 태우는 건 아닐까

그리하여 거짓과 진짜를 가려내는
새로운 기준과 그것을 식별해 줄 아이템에
온통 매달리게 되는 건 아닐까
또한
진짜와 거짓 사이 헤매는 열정
차라리 빠져버려 허우적거리는 게
시가 되지 않을까

임아 그 물을 건너지 마오
임은 끝내 물을 건너셨네
물에 빠져 돌아가시니
가신 임을 어찌할꼬

햇빛 속에서
햇빛 속에서
도망친

4 부

상사화

백 년 동안의 고독

고치 한 마리 눈을 뜨려고 한다.
대기의 푸르름
삼 년의 세월 어린 고치는 그냥 내달렸다.
마을에선 저녁연기 얌전히 타오른다
글귀들은 타닥 타다닥 솔방울 튀는 소리와 함께
빠알간 불빛 달고 부시럭거린다.

어린 고치는 바깥세상 궁금해졌다.
처음 본 바닷가
여름 밤바다는 팽팽하게 부풀어 올랐다.
몰아쉬는 흰 파도
그해 여름 속절없이 떠다니다가
흰 눈이 수북한 배추밭 속으로 곤두박질쳤다.
어린 고치는 찢어진 날개를 달고
북쪽 하늘 빙그르르 맴돌았다.
아래쪽 어느 골짜기에서
목쉰 봄날의 아지랑이
저 혼자의 울부짖음을
부여안고 스러져 갔다.

거두련다.
남녘들까지 내달렸던 헤진 검정 고무신
밤 열 시라도 뜨거운 밥 지어 올렸던
아버지 하얀 사기 밥주발도
파란 꽃무늬가 그려졌던 식탁의
수저 받이 기러기발도
이제는

술래잡기

학보를 펼쳐 든다
중학생 철부지 때 항상 잘 웃던 하은이 녀석
벌써 고 3이 되어 교내 백일장 운문부 3학년 장원
또 책읽기 독후감 3학년 대상 수상
백자 항아리 얼굴로 당당하게 안부를 전한다.

"펜은 살갗을 파고들어 붉은 흔적 번지고
새로운 언어로 꾹꾹 놀러 쓴 얼굴 새파랗게 질려 있다"
반짝이는 언어들
두려움 없는 눈부신 햇빛 아래
탄탄한 줄기와 고운 꽃 이파리로
환하게 웃음 짓고 있는 너
어디까지 갈래?
선생님, 펜이 생각을 대변할 때
저는 새로운 동반자를 얻었습니다. 시는 제 반려입니다.
내미는 너의 참신한 도전장

아마도
돼지 꼬리 달린 아이 태어날까 봐 전전긍긍했으나

칠 대에 걸친 가족과 나라 이야기
뻘 냄새와 땀 냄새로 뒤범벅된
칠 대에 걸친 근친상간
연금술의 광기보다 혹독하게 호세 아르카디오 가문에
눌러붙고
그 〈백 년 동안의 고독〉에 창을 겨누게나
그가 프르덴시오 목에 창을 겨누어
한 방에 꿰뚫어 버린 것처럼
그리하여 헛것으로 밤마다 나타나서 목이 마르다는
프르덴시오를 위해 양동이마다 물을 채워서
집안 구석구석 물이 마르지 않게 했듯이
그리하여
목마른 프르덴시오 시중들다 지치고 지쳐
서서히 미쳐 가는 호세 아르카디오

하은아
우리 한 번 술래잡기해볼까?
누군가는 프르덴시오
다른 누군가는 호세 아르카디오

햇볕 한 조금

살아오면서 한 번도 유명한 시인을 꿈꾸어 본 적 없어요.
그냥 시구들이 가슴에 와 닿았어요.
소 몰고 가던 노인이 아름다운 수로 부인을 보고
벼랑가의 붉은 꽃 꺾어 바치는 그 모습이 좋았어요.
만두가게에서 아랍인에게 손목 잡히며
부끄러워하던 붉은 얼굴이 부러웠어요.
돌아와 자리 보니 다리가 넷
둘은 내 아내 것인데 둘은 누구의 것인고
처용무의 춤사위가 미친놈 짓은 아닌 듯했지요

그냥 써지면 쓰는 것이 시라고 생각했어요.
그동안 가슴이 뛰어 터져 죽는 줄 알았어요.
누구의 애인이 되고 싶은 게 아니라 그거면 족했어요.
새마을호 열차 안 세 시간씩
그 향기에 취해 누가 알아주지도 않는 시
거기에 빠지는 게 그리도 즐거웠을까요.
누구의 아내가 되고 싶은 것이 아니라
울컥울컥 토해 내고 싶은 것 주워담다 보면
인생 끝물에

개평 몇 개쯤은 얻을 것 같아

하얀 귀밑머리 뒤로 넘기며
부서지는 봄 햇살에 기대어
스웨터 주머니 뒤적이며 따스한 햇볕 한 움큼
한 줌은 내 것인데 다른 한 줌은 누구 것인고

예감

두 눈이 하얀 막으로 절반 덮여 있었다.
꿈속에서 막내딸이 하얀 것을 걷어내 버렸다.
거짓말처럼 이틀 후에 다 없어졌다.

토마토보다 빨갛고 텁텁한 오줌
찔끔찔끔 흘리며 힘겨웠던 노년의 당뇨
배가 부풀어 찾은 비뇨기과
이틀만 늦었어도 가망 없을 뻔
의사가 큰 병원으로 몰아세우던

고관절 수술 후에 누워버린 세월
막내딸 점심시간마다
집에 들러 살피는데
베란다에 쓰러져 빨래처럼 널브러져

그나마 항상 곁에 있으매
휴우 휴우 큰 숨 몰아 내쉬고
후유 후유 큰 다행으로 여기곤 했지

허나 그 해 아직 차디찬 이른 봄
수저 젓가락 받침대
파아란 꽃그림이 그려진 기러기발
식탁 아래로 떨어져서 두 동강 났지
꿈속에서
그때 예감했었다

잠

예닐곱 어린 나이
소쿠리에 한가득 새파란 상춧잎
아버지가 한 주먹씩 싸서 드실 때
고사리손 옴찔거리며 자그만 이파리들
싸기도 버겁던 시절
동그란 상 앞에서 꾸벅꾸벅 졸던
내 모습이었네.

술 드신 늦은 밤
한가득 찐빵 만두 봉다리 위세 삼아
억지로 자식들 잠을 깨우던
조금 어수선한 애정 공세
어느 때는 아버지 기척 느껴도
세상모르는 달콤한 잠
빠져나오기 싫어 모르는 척

어느 날 밤
베란다에서 숨소리도 잦아든 새가슴
아파트 정문에 택시 문 열리고

사람 내릴 때마다 돌쩌귀로 짓눌려졌다.
짓눌려 흐르던 검붉은 진물
밤새우며 진물 꾸덕꾸덕 딱쟁이로 나앉았다.
희부옇게 동터 올 무렵
새까맣게 타버려 하얀 재가 된 아침

아버지의 별일 없는 귀가에
그제야 목을 놓고
부릅뜬 잠은 고꾸라져 버렸다.

두통

언제나 시커먼 동굴 속
수천수만 개의 바늘
미소 한 번 꽃피우지 못하고
잠과 현실의 경계
빗금조차 씻겨버렸다.

아버지 동네 푸줏간과 거래를 트고
소를 잡을 때마다 꼬박꼬박
소골의 위엄을 보여주셨다.
어머니는 비린내 나는 물컹물컹한 생것
수돗가에 쪼그려 앉아
피에 엉겨 붙은 것 일일이 떼어내시고
깻잎에 싸 닦달하시며
애꿎은 실갱이로 목구멍에 밀어붙였다.

아버지와 어머니의 시름 깊은 주름
그 힘 있는 **뻣뻣함**에
꼭지가 똑 떨어져 버렸다.
지긋지긋한 편두통

옆집 총각의 상사화

동 터오는 새벽이 가장 지루했다
그저께 빨아서 어제 숯다리미로 말끔하게 다려 놓았다
두 벌의 옷을 번갈아 빨아 입었다
그러다 비라도 오면 밥 지을 때 시커먼 가마솥 뚜껑 위
에 말렸다
토방도 말갛게 쓸고 또 쓸었다

어느 때는 몹시 허기가 졌고
때로는 속이 메슥거렸다
또 얼굴이 붉게 물들기도 하였다

옆집 뒤 뜰 그늘진 곳 빨간 꽃들 피어 있었다.
미끈한 대궁 길쭉하게 쪼개진 꽃잎파리
그사이 실처럼 가느다랗게 비상하는 꽃술

셀 수도 없이
옆집 뒤뜰 바라보고 바라보는데
세상에서 가장 고운 꽃
새빨간 꽃
새빨간 가슴앓이
불붙어 뭉게뭉게 타고 있었다.

상사화

바람결에 쓸린 비탈길
쏟아져 내린 유채꽃들
흐벅진 노란 함성
툭 터진 바닷가 앞자락으로 바늘처럼 쏘아 대는
햇살의 파편들

흑갈색으로 구워진 머슴아들
분기탱천한 손아귀
퍼덕거리는 물고기의 숨찬 몸부림
어슴푸레한 치마폭
쫘아악 찢으며 환하게 동터오는 새벽

까닭 모를 수심에 젖어
어느새 나앉은 팝콘만 한
노리끼리한 별들의 자리바꿈

고샅길 모퉁이 돌아온
한 자락 소슬한 바람
세월의 무게로

텃세부리는 흰 머리칼
처진 어깨

그래도 여전히 붉고 붉은 꽃
당신 향한 새색시 저고리
그 단단한 옷고름 매듭
첫날밤 그 맵시 그 맹세
그 붉은 꽃잎으로
가만히
당신 발에
입 맞추겠습니다.

분노
— 2015년 10월 5일

딱!
일순간 일어선다.
흩어져 버린다.
부옇게 흐려진다.
미세한 떨림이 양팔에서 지르르 거리다
종착점 찾지 못한다.

파팍!
하얀 나비가 유리창에 이마를 부딪친다.
순결한 별똥별은 지구의 암석에 찢겨 튕긴다.
파도소리는 순간
난파되어 떠내려온
어린아이의 얼굴에 숨을 죽인다.

끅!
하루하루
텃밭 향한 고무신 헤아렸을까?
인절미 목에 걸려
안녕하지 못한 채

부릅뜬 눈
탱자나무 가시에 걸어 두고
총총히
블랙홀로 빨려 들어가던
그 순간의
분노를

깨어나라, 인디언!

달려도 사막 또 사막
길고 긴 땅 말뚝 박아 경계 지은 곳
척박한 땅에 버려져 죽지 못해 이어간
어이없는 삶
우울증으로 자살률 가장 높고
철조망 말뚝 안에 갇혀 사는 생활
최소한 생활비가 주어지고,
그 삶 지겨워 탈출하면 적응할 길이 없어
다시 기어들던 삶
그래도 지금은 수돗물과 자동차를 사용할 수 있다네

이곳이 금세기 가장 풍요로운 땅
남북전쟁 피비린내로 거룩한 노예해방 이룬 성스러운 곳
자유와 정의라는 단어가 물고기 비늘처럼 펄떡이는 곳
최첨단 학문과 산업이 마천루처럼 쑥쑥 자라는 곳
전 세계의 전쟁과 평화 한 손에 쥐락펴락하는 위대한 곳

사막 한가운데 많은 석탄 매장되어 있어
커다란 화력발전소가 생기고

삼백오십여 명 인디언들
평생 직업을 갖게 되어
전화위복의 땅이 되었다고
발전소 가리키는 한국인 가이드의 손가락
하염없이 바라보았다.

도끼 손에 들고 절벽을 타오르던
용맹했던 영화 속의 모히칸족
멀고 먼 전설의 한 토막 영웅담인가

낯선 거리에서
— 그것이 알고 싶다 사건

나는 목동에서 남자 친구와 만나기로 했다.
한 정거장을 지나쳐서 택시에서 내렸다.
인도를 걷고 있었다.
차가운 것이 옆구리를 찔렀다.
누군가 나를 끌고 골목 어귀로 들어섰다.
눈 가리운 채 걸어 어느 대문에 들어섰다.
지금 왔어? 다른 사내의 목소리였다.
지하 계단을 따라 내려갔다.
방에 들어서자 눈가리개 풀어 주었다.
앉혀 놓고 화장실 다녀온다고 그 남자가 말했다.

나는 죽을 각오로 밖으로 뛰쳐나와 이 층 옥상으로
계단을 뛰어올라 갔다.
숨 쉴 수도 없었다.
곧바로 한 사내가 대문 밖으로 뛰어나가고
뒤따라 다른 사내가 뛰어갔다.
2층에서 지켜보고 있었다.
한 사내가 먼저 들어오고 다른 사내가 한참 후에
지하로 내려가는 것을 보고

죽기 아니면 살기로 내달렸다.

내 정신이 아니었다.

내가 뛰는지 내 발이 저절로 뛰는지 분간도 할 수 없었다.

초등학교 교문을 향하여 내달렸고 학교 안으로 들어가서
숨어 있었다.

한참 숨고르기 끝내고 밝은 불빛이 보이는 대로를 향해
나왔고 악몽은 끝났다.

그러나, 그 날 방에서 보았던 많은 끈들은

이미 다른 두 여자를 죽이고 처리했던

끈들이었다.

두 악마의 손아귀에서 세 번째 죽음이 될 뻔했던

나는 오늘 살아 있다.

부디, 영면하소서

그 날은 1982년 11월 14일이었다
14라운드에서 아들은 나가떨어졌고 동공은 풀려 있었다
혼수 상태였던 그는
어미의 동의로 동양계 미국인들에게
장기를 기증하고 홀연히 떠났다
사슴이 짐대에 올라셔 해금을 혀거를 드로라*

어미는 가난해서 아들이 복싱을 시작했고 그것만 하다
가 죽었으니
내가 죽인 셈이라는 유서를 남기고 시골집에서 목매버
렸다
사슴이 짐대에 올라셔 해금을 혀거를 드로라

주심도 위험한 상황에서 경기 중단시키지 못했다는
자책감에 괴로워하다가 7개월 후에 스스로 목숨을 끊
었다
사슴이 짐대에 올라셔 해금을 혀거를 드로라

승리자였던 맨시니도 깊은 우울증에 빠져

복싱도 때려치우고 슬럼프에 허위적 거렸다
그때 배 속에 있던 유복자인 김득구씨의 아들
치과의사가 되어 아비의 상대자였던 맨시니의 초대에
응했다
평생 짐이었던 죄책감을 뒤로하고 아들을 껴안고 울었다
미국 방송국에서 이 얘기를 만들었고 많은 사람들이
울었다
사슴이 짐대에 올아서 해금을 혀거를 드로라

---

* 고려가요 「청산별곡」에 나오는 대목인데 ① 천하고 외설스런 장면을 희학
적戲謔的으로 묘사, 또는 세상을 조롱하는 오만한 해학어, ② 사슴으로 분
장한 산대잡희배山臺雜戲輩의 놀이, ③ 기적을 노래하는 당시대의 관용구
등 여러 가지 풀이가 있다. 〈다음 백과〉에서 인용. 나는 ③의 기적을 바라
는 염원의 의미로 우리 인생에서 간절히 바랄 수는 있으나 이루어질 수
없는 불가능의 고독이 절절히 배어 있는 느낌으로 차용했다.

병마

발등에 작은 사마귀 같은 조그만 물집
가렵다.
팥알만 한 분홍빛에서 자주색 콩알 크기로
마른 논은 쩍쩍 갈라지고
무릎도
장딴지도
퉁퉁 부어
온몸은 풀어진 찰떡
어머니는 베개에 기댄 잠을 잘라
온 밤을 뜨거운 수건 찜질로 세워 두었다

우리나라에서 제일 크다는 병원
의사는 솜방망이로 몸 이곳저곳 두드려댔다
집안 식구들 체격이 모두 다 이렇게 큽니까?

대학 시절 몸무게 43킬로그램
무엇에도 몰두할 수 없었다
맘 놓고 편안하게
사랑도

공부도

4월이 되면
고운 꽃들 피고 졌다
지금도 여전히
그 꽃들 피고 진다.

인생의 저녁에

어느 날
때깔 좋은 옷만 보면 사주고 싶던
평범하고 단란한 꿈도
가벼운 한숨 되어
날아가 버리고

아침부터 저녁까지 힘들었던 입
직장 선배와 훈훈했던 소주 한 잔으로
어루만지고
허나 그 목축임은 타는 갈증 보태고 보태
두 눈 부릅뜨고 지켜보아야 했던
살 타들어 가던
지긋지긋한 병고

수십 번도 되풀이했던
젊은 날의 보따리 싸고 풀기
두 손안에 남아 있던 세상의 온기
꽃잎 같은 아이들을 위해
빈대떡 반죽으로 짓이겨 내고

이제
눈물조차 말라버린 소금 기둥

닳고 닳은 검은 돌자갈 밟으며
골목을 누볐던 돈보스코 성인
그 흔적 찾아
내면의 거친 숨소리에도 놀라
멈칫거리던 젊은 날의 로마
여기저기 헤매는 도시의 밤
이 발바닥의 헐떡거림을
용케도 화살기도로 알아들어 주시는 당신
자판기 앞에서
함박웃음으로 그렇게 거기
서 계십니다.

당신을 향해
벼랑을 기어오르다
열 개의 손톱 닳아 빠져
흥건한 진물 가슴 적신다 해도

혹여 꽃망울 터뜨리는 기쁨에 털썩 울게
놔두신다 해도
이제 저는 어쩌지 못합니다.

주님!
인생의 저녁에 빈손으로 당신께 나아갑니다.

'땅속줄기식물rhizome적 사고'로
확장되는 놀라운 시의 세계

호 병 탁(시인 · 문학평론가)

1.

이정미의 작품을 독서하며 강하게 다가오는 느낌은 무엇보다도 그가 전형적인 '포스트모더니즘' 입장에서 글을 쓰고 있다는 점이다. '포스트'라는 접두어에 나타나 있듯이 이는 모더니즘 '이후'를 가리키는 현상이다. 그러나 이 접두어는 단지 시간적 이후를 말하는 것뿐 아니라 '넘어서'라는 이탈과 반작용을 의미하기도 한다. 따라서 포스트모더니즘은 모더니즘의 계승인 동시에 그것과의 단절이기도 하다. 시인의 작품들은 불확정과 비결정성, 다원성과 상대성, 반反재현성 등 모더니즘의 특성을 보여주고 있지만 '탈脫중심화'에 의거한 자기반영적 · 존재론적 특성, 그리고 주목해볼 만한 '상호테스트성'이란 포

스트모더니즘의 새로운 특성 또한 여실히 드러내고 있
다. 우선 시집의 표제작이기도 한「대문 앞 봉선화-바오
밥나무 봉선화 2」를 보며 논의를 계속하기로 한다.

봉선화 한 그루 시골 농가 대문 앞에 우뚝 버티고 있었다
작은 식물 바오밥나무였다
본래줄기는 봉퉁아리져서 몇 가닥의 인삼 하체였다
쏟아 붓는 태양의 작렬에 녹아내리다 용암으로 굳어졌는가

울 밑에 선 여릿한 자태는 간 데 없고
햇살의 따가움과 바람에 씻기어
바다에서 소금바람에 내어 말린 선원의 등짝보다
떡 벌어져 땅 위에서
꽃대궁의 색깔도 구릿빛으로 물들고

누구를 맞이하려는가
굵은 모가지로 받아치는 분기탱천한 땡볕
애달픈 그리움은 설 곳을 잃어
바오밥 나무의 우직한 탄탄함으로
서러움일랑 걷어차버리게나
장독대 뒷 편의 그늘에 몸 기대어
언니들의 손톱 위에서 한 줄기 빛이었거늘

보아라
애절한 한의 가락으로 연명하던 울 밑에 선 봉선화도

백 년의 세월을 겪고 나니
땅 위에 딱 버텨 봉퉁아리진 불룩함과 구릿빛 갈색은
다시는 흔들리지 않겠다는
우렁찬 함성
뒤로 물러서지 않겠다는 뿌리의 내뻗음
그 바오밥나무 봉선화
찾아 나서겠네
　　　－「대문 앞 봉선화－바오밥나무 봉선화 2」 전문

　위 인용된 작품「대문 앞 봉선화－바오밥나무 봉선화
2」는 같은 제목으로 여러 작품들이 부제를 달리하며 연
작 형식으로 시집 전체에서 산견되고 있다. 그만큼 중요
한 의미를 갖고 있는 작품이라 할 수 있다.
　'봉선화'는 우리가 어린 시절 그 이름을 부르며 노래하
던 그야말로 "울밑에 선" 작고 정감 있는 꽃으로 우리 민
족 누구에게나 친근하고 익숙한 꽃이다. 아녀자들이 이
꽃잎으로 손톱에 붉은 물을 들이며 아름다운 사랑을 꿈
꾸던 꽃이기도 하다. 특히 화자에게는 "아스라한 젊은
날의 부서진 꿈"을 "목쉰 소리 풀어 헤치며" 노래하던 아
버지와의 추억이 깃든 꽃으로 그 꽃잎파리는 아버지의
"술잔에서 맴"돌고 있었던 것이다.(「봉선화」) 이 꽃은 화
려하고 당당함과는 거리가 멀다. 화자의 "어린 날" 무언
가 한을 품은 듯 "그늘에" 피어 "가냘프게 흔들"리던(「일
용할 양식－바오밥나무 봉선화 5」, 이후 중복되는 시제는 생략

하고 부제만 표기함) '한해살이 풀'에 불과했을 뿐이다.

반면 '바오밥baobab'은 높이 20m, 둘레 10m, 수령이 1000~5000년이나 되는 거목으로 아프리카에서 생장하는 나무 이름이다. 화자는 이 "나무 둥치는 서른 명의 아름드리에도/ 닿지 않"는다고 그 엄청난 크기와, "나무를 뽑아 거꾸로 세운 듯"하다고 그 "색다른 생김새"를 묘사하고 있다.(「노을을 넘어가네─바오밥나무 봉선화 1」) 실제로 나무줄기는 술통처럼 생겼고, 줄기 꼭대기에 얇은 가지가 복잡하게 얽혀 있어 잎이 없을 때는 꼭 뿌리처럼 보인다. 이런 이상한 생김새 때문에 전설에는 "악마가 바오밥을 뽑아서 가지를 땅으로 밀어 넣고 뿌리는 공중으로 향하게 했다"라는 말이 전해지는 거대한 나무다.

이 정도 초보적인 지식으로도 우리는 시제로 견인된 두 식물이 각각 그 크기, 수령, 생김새, 생장지역 등 모든 속성에 있어 천양지판임을 즉시 간파할 수 있다.

그런데 시인은 「바오밥나무 봉선화」라는 시제가 붙은 수많은 시를 쓰고 있다. 바오밥나무'와' 봉선화가 아니다. 바오밥나무 '혹은' 봉선화도 아니다. 바오밥나무 '같은' 봉선화도 아니다. 열거도 선택도 비유의 어떤 기능도 없이 판이하게 다른 두 식물은 서로 뭉뚱그려져 연결되어 있다. 즉 시인에게 바오밥나무는 봉선화고, 봉선화는 바오밥나무가 되는 동격의 가치를 가지게 되는 것이다. 파격적인 상상력이다.

이는 첫 연에서부터 즉시 나타난다. 시골 농가의 "봉

선화 한 그루"가 시인에게는 아직 성장하지 못한 "작은 식물 바오밥나무"로 보인다. 그런데 "대문 앞에 우뚝 버티고 있었다"는 말에서 우리는 이 꽃이 이미 자신의 속성을 넘어서고 있음을 알 수 있다. 작고 여린 이 꽃이 결코 '우뚝 버티고' 서 있을 수는 없기 때문이다. 첫 연은 틀림없이 봉선화에 대해 설명하고 있다. 그러나 시인은 "본래줄기는 봉퉁아리져서 몇 가닥의 인삼 하체였다"고 말하고 이어 작렬하는 태양에 "녹아내리다 용암으로 굳어졌는가" 묻고 있다. 봉선화 줄기는 봉퉁아리지지도 않고 인삼 가닥 같지도 않다. 딱딱하게 굳어진 용암과는 더더욱 거리가 멀다. 차라리 셋째 연 후반에 묘사되는 "장독대 뒤편 그늘에 몸 기대어/ 언니들의 손톱 위에서 한 줄기 빛"이었다는 말이 맞다. 그러나 이에 대해 시인은 어떤 논리적 설명도 가하지 않은 채 첫 연을 마감해 버린다.

둘째 연 역시 시인은 봉선화에서 바오밥나무의 모습을 보고 있다. 이제 봉선화의 "여릿한 자태는 간 데 없"다. 바다의 소금 바람에 말린 "선원의 등짝보다/ 떡 벌어져" 꽃대궁의 색깔마저 "구릿빛으로 물들"어 있다. 주목할 점은 이 연 전체가 하나의 문장을 이루지 못하고 있다는 점이다. 꾸미거나 한정하는 용언도 체언도 없는 하나의 수식修飾절에 불과하기 때문이다.

셋째 연에서는 이 "굵은 모가지"의 바오밥나무가 어떤 "애달픈 그리움"이나 "서러움"도 그 "우직한 탄탄함으

로” “받아치”고 “걷어차”버릴 것이라고 나무의 강한 속
성을 재차 강조하고 있다. 그러나 이 나무는 원래 “장독
대 뒤편 그늘”에서 자라나 “언니들의 손톱 위”에서 한 줄
기 붉은빛이 되고 마는 봉선화였던 것이 아닌가. 두 이
미지는 ‘집합적 결합’을 보이고 있는 것이다.

마지막 연에서도 “애절한 한의 가락으로 연명하던 울
밑에 선 봉선화”와 “땅 위에 딱 버텨 봉퉁아리진 불룩함
과 구릿빛 갈색”의 바오밥나무는 “뒤로 물러서지 않겠다
는 뿌리의 내뻗음”으로 동격화 되고 있다. 시인은 이처럼
동격이 되어 하나로 뭉뚱그려지는 “그 바오밥나무 봉선
화”를 “찾아 나서”야겠다고 다짐하며 시의 문을 닫는다.

2.

이 정도로 위 작품의 대략적인 독서는 끝이 난다. 그
러나 작품의 진행형식이나 그에 담긴 함의에 대한 분석
은 이제 시작이라 할 수 있다.

시인의 관점에서 보면 우주나 삶의 실재는 고정불변한
것이 아니라 유동적인 것이고 그것을 예술가가 객관
적·논리적으로 묘사한다는 것은 불가능한 일이다. 이
점과 관련하여 시인은 객관적 실재란 결코 존재하지 않
는 것이며 단지 끊임없이 고치고 다시 만드는 ‘인간의 창
조 의지’만이 존재할 뿐인 것으로 믿고 있는 것 같다. 따

128

라서 그에게 있어 삶의 실재를 논리적으로 묘사한다는 것은 그 본질을 왜곡하는 일과 크게 다를 게 없다.

시인은 작품의 구성에 있어서 논리적 일관성이나 유기적 통일성을 배제한다. 유동적 삶을 표현하기 위해서는 종래의 시 · 공간에 대한 전통적 사고는 버려진다. 대신 시인의 의식 내면에 흐르는 여러 감각 · 감정 · 기억 · 인상 · 연상이 '내적 독백' 내지 '의식의 흐름' 같은 방법으로 표출되고 있다. 실상 위 시는 의식의 흐름 속에서 자신이 묻고 답하고 있는 내적 독백에 다름이 아니다. 이 경우 시인은 아무래도 언어적 논리성보다는 심리적 연관성에 기대게 된다. 따라서 이렇게 쓰인 문장은 때로는 비문법적이고 파편적인 것이 될 수밖에 없다. 또한 무질서한 의식의 흐름을 미적으로 묘사하기 위해 '특별한 어휘', 동일하거나 유사한 '강렬한 이미지' 혹은 그런 사유를 견인할 수밖에 없기도 하다.

첫 연부터 시인의 의식은 어느 한 곳에 머물지 않고 쉽게 옮겨 다닌다. 즉 가녀린 봉선화를 바라보던 의식은 태양에 녹아내려 용암으로 굳어진 것 같은 바오밥나무로 즉시 옮겨지고 이런 의식의 움직임은 이어지는 연에서도 계속 반복된다.

연과 연 사이는 물론 행과 행 사이에서도 논리적 전개는 없다. 첫 행의 "봉선화 한 그루"는 둘째 행에서 그대로 "작은 식물 바오밥나무"가 되고 만다. 또한 둘째 연은 '띠 빌어지고' '구릿빛으로 물들고'와 같은 수식어들이 있지만 막상 그 수식의 대상이 없어 제대로 한 문장을 이루지도 못하고 있다. 이어지는 연에서 단서를 찾아보려 하지만 "누구를 맞이하려는가"라는 의외의 질문으로 새로운 연은 시작된다. 논리는 막혀버리고 이는 일반적 어법에 맞지 않다. 이런 경우는 다른 많은 시편에서도 산견되고 있다. 의식의 흐름을 따라가며 만들어 내는 독특한 어법이라 할 수 있다.

시인은 위의 시에서 바오밥나무 줄기를 '봉퉁아리진 몇 가닥의 인삼 하체'로 비유하고 있다. 이는 "두세 가닥의 인삼 하체로/ 봉퉁아리진 튼실한 줄기(노을을 넘어가네-바오밥나무 봉선화 1)"와 같이 다른 시편에도 나타나고 있다. 그러나 이 시에서 무엇보다도 우리의 시선을 끄는 것은 '봉퉁아리'라는 어휘다.

이 특별한 어휘는 같은 시에서 '봉퉁아리'진 불룩함으로 반복되고, 앞서보는 것처럼 '봉퉁아리'진 튼실한 줄기(「노을을 넘어가네-바오밥나무 봉선화 1」)로, 또한 '봉퉁아리'진 발동작(「플라멩고 춤사위-바오밥나무 봉선화 3」)으로 다시 등장하고 있다. 그렇다면 도대체 이 말은 무슨 뜻을 가지고 있는 것인가. 순수한 토박이말임은 틀림없고 무언가 느낌도 온다. 그러나 정확한 뜻은 알 수가 없다. 다행이 시인은 주석을 달지 않고도 다른 시에서 그 의미를 확실히 설명해주고 있다. 「땅심 받은 백합-바오밥나무 봉선화 10」이라는 시에서 화자는 "뭉툭하고 땅딸막한 것보다/ 매끈하고 길쭉한 것이 좋아 보였다."고 토로한다. 여기서 우리는 '봉퉁아리'가 "뭉툭하고 땅딸막한 것"을 가리킨다는 사실을 알게 된다. '뭉툭'하다는 것은 끝이 짧고 무딘 모양을 말하고, '땅딸막'하다는 것은 키가 작고 몸집이 옆으로 딱 바라진 모양을 말한다. 선명하게 그림이 그려진다. 더구나 시인은 이 어휘를 "매끈하고 길쭉한 것"의 반대말로 쓰고 있지 아니한가. 이어 시인은 같은 시에서 시골사람, 즉 토박이들은 땅딸막한 사람을 "봉탱이"라 부르고, 장딴지에 알이 배긴 다리를 "봉탱이진 다리"라고 부른다고 말하고 있다. 우리는 '봉탱이'와 '봉퉁아리'가 같은 의미를 공유하고 있는 토속어임을 금방 알 수 있다.

그러나 이 특별한 어휘는 뭉툭하고 땅딸막한 형상만을 가리키고 있는 것은 아니다. '상처'가 나으면서 살이 고르지 않게 붙어 울퉁불퉁해진 것도 '봉퉁아리'졌다고 말할 수 있다. 물론 그 형상의 유사점에서 사용된 말이 될 것이다. 허나 '상처'라는 것이 어디 육신의 아픔뿐일 것인가. 정신적인 상처도 얼마든지 있다. 다른 시편에 나타나는 "그리움으로 봉퉁아리진"(「플라멩고 춤사위—바오밥나무 봉선화 3」)이나 "봉퉁아리진 고단함의 여정"(「봉선화 꽃잎 몇 개 띄우듯—바오밥나무 봉선화 8」)과 같은 말은 우리가 신산한 삶을 영위하며 겪어야 하는 정신적 아픔에 다름이 아니다. 어쩔 수 없는 별리에 따른 애절한 '그리움', 삶의 여로에서 삭풍처럼 파고드는 심적 '고단함'이 비로 '미음의 아픔'이 아니고 또 무엇이겠는가.

시인이 즐겨 쓰는 하나의 어휘에 대해 이처럼 주목하는 이유가 있다. 모더니즘은 고답적이고 엘리트주의적 특성을 가진다. 난해성이 대두되게 마련이다. 혁명적이라고 할 만하던 이 사조는 점점 제도권에 흡수되어 '현대의 고전'으로 학자의 연구대상이 되고 대학 강의실로 진입하였다. 포스트모던의 사고는 이에 대한 비판과 반발에서 출발하였다. 이 새로운 사고는 무엇보다도 '탈중심'과 '탈경계'의 성격을 가진다. 시인은 엘리트문화와 대중문화의 차이가 어떤 본질에서 비롯된 것이 아니라 지배계층의 이념이 만들어 낸 것으로 간주한다. 따라서 시인은 그의 작품이 경계 안의 중심에 위치하는 것을 조심한다. 그리하여 경계를 부수고 중심에서 벗어나 일반 독자도 함께 즐길 수 있는 작품을 깎아내고자 하는 것이다. '봉퉁아리' 같은 기층언어의 빈번한 사용은 바로 이런 사고에서 비롯된 좋은 사례가 될 것이다.

3.

인용된 시의 부제에 나타나는 '땅심'과 같은 어휘도 마찬가지 맥락에서 이해되어도 좋을 것이다. 이외에도 "시커먼 가마솥 뚜껑, 고봉으로 올라온 보리밥"(「옆집 총각의 상사화」), "빈대떡 반죽으로 짓이겨 내고"(「인생의 저녁에」), "힘차게 창호지를 뚫고"(「바람 소리」), "희부연 허벅지"(『플라멩고 춤사위-바오밥나무 봉선화 3』), "고추다대기 풀어"(『참게장』) "배추꼬랑이 쳐서"(『김치가 되어-햇빛 속에 도망친 12』)와 같은 말들이 눈에 띈다. 여기서 우리는 생활에 밀착한 투박하고 정감 있는 어휘들, 즉 '가마솥' '고봉' '빈대떡' '창호지' '허벅지' '고추다대기' '배추꼬랑이'와 같은 기초적인 모국어의 어휘들과 만나게 된다. 어릴 때 형성된 입맛이 평생의 취향이 되는 것처럼 이들 어휘들은 우리가 성장과정 초기에 익힌 말들로 작품 속에서 결정적인 친화적 요소로 작동하고 있다.

시인은 이런 토착적 민중언어 외에도 인간의 절실한 정감을 직선적으로 토로하는 언어들도 거침없이 구사하고 있다. "모가지의 붉은 핏줄"(『햇볕 한 조금』), "끈적한 손바닥" "불룩한 허벅지" "땀내를 비벼 섞고" "비비 꼬아대"고, "씨근덕"거린다(『쌍화점』)와 같이 관능적 냄새가 물씬 풍기는 질박한 언어들도 가감 없이 동원된다. 이런 직정의 언어들은 구체성과 직접성을 구현하며 신체 감각에 그대로 육박해온다. 고급문화·엘리트주의에서 탈피하여 대중문화와 손잡고자 하는 포스트모던의 몸짓이 그대로 드러나고 있음에 다름이 아니다.

특별한 어휘 구사의 전략뿐이 아니다. 앞서 언급한대로 '강렬한 심상'도 일반대중에게 다가서는 첩경이 된다. 앞에서 바오밥나무 둥치는 "봉퉁아리진 몇 가닥의 인삼 하체'로 싱싱하게 비유되었다. 그러나 후반부에서 이는 "소금바람에 내어 말린 선원의 등짝"으로 다시 힘차게 비

133

유되고 있다. 살아 꿈틀대는 것 같은 놀랄만한 비유다.

어슴푸레한 치마폭을 쫘아악/ 찢으며 환하게 동터오는
새벽

― 「상사화」 부분

나는 '새벽'의 이미지를 묘사하는 수많은 표현을 수많
은 작품에서 본 바있다. 그러나 "치마폭을 쫘아악 찢으
며" 동터오는 새벽은 처음이다. 얼마나 생명력 넘치는
심상인가. 여기서 한 가지 주목할 점이 있다. "쫘아악"이
라는 의성어는 강렬한 심상의 불길에 기름을 붓는 역할
을 수행한다. 우리는 치마 찢어지는 소리를 두 귀로 직
접 듣는다. 이미지는 더욱 생생하게 다가온다. 시인은
자신의 심상을 감각적이고 구체적으로 강화하기 위해
다양한 의성·의태어를 견인하는 전략을 구사한다. "도
란도란 봉선화 꽃잎 찧어 할머니 손톱에/ 무명실로 꽁꽁
동여매 주려 한다네"(「꽃잎 찧어 무명실로」) 여기서 '도란
도란'과 '꽁꽁'이란 시늉말을 빼버린다면 손녀와 할머니
의 살갑고도 정겨운 모습은 갑자기 무미하고 덤덤한 모
습으로 변모하고 말 것이다. 역시 장모님 김치찌개는 돼
지고기 "숭숭" 썰어 넣고 "짜박"하게(「참게장」) 끓였기 때
문에 제맛이 나는 것 아닌가.

우리는 이정미의 작품에 나타나는 '특별한 어휘'와 '강
렬한 심상', 그리고 이를 강화하는 '의성·의태어'의 사용

과 그 역할을 살펴보았다. 이미 언급한대로 앞에 인용된 「바오밥나무 봉선화」는 의식의 흐름을 따라가며 써졌고 따라서 논리적 전개는 기대할 수 없다. 또한 문법에 맞는 일반어법도 기대할 수 없다. 그럼에도 작품은 전혀 산만하고 난해하게 느껴지지 않는다. 위와 같은 언어의 특수한 사용은 논리성의 결여 대신 '심리적 연상 작용'을 충족시키며 내용이 전개되기 때문이다. 또한 우리의 경험적 사실과 일치하는 기층언어의 빈번한 사용은 '진실 제시' 기능을 발휘하며 강한 호소력의 원천으로 작용하고 있기 때문이다. 물론 생동하는 강렬한 이미지의 표출은 이를 더욱 강화한다. 그리하여 "버지니아울프의 생애와/ 목마를 타고 떠난 숙녀의 옷자락을 이야기한다"와 같이 도대체 무슨 소리인지 알아먹을 수 없는 모더니즘식의 발화와는 거리가 멀어도 한참 멀게 되는 것이다.

4.

이번 시집에 수록된 많은 작품들이 서로 직간접적으로 관련을 맺고 있음은 매우 주목해볼 만하다. 실제로 어느 한 발화와 그 이전 또는 동시대적인 다른 발화 사이와의 경계는 가변적이고 애매모호한 경우가 많다. 따라서 어떤 텍스트는 다른 텍스트를 인용하거나 흡수·변형시키기도 하는데 이처럼 텍스트와 텍스트가 맺고 있는 관련

성, 즉 '상호텍스트성'은 흔히 '모자이크'에 비유되기도
한다. 이정미의 작품들은 텍스트 외부로부터는 물론 텍
스트 내부에서도 서로 연계되고 있다.

신화적 원형을 밝혀내는 데 주력하는 신화비평가들은
물론 작품의 기원이나 영향관계를 연구하는 역사비평,
특히 발생학적 비평 연구가들 역시 상호텍스트성에 관
심을 보여 왔다. 그러나 부분적으로 논의 되어오던 이것
이 가장 핵심적인 지배소로 대두된 것은 포스트모던에
이르러서이다. 이미 앞에서 본 것처럼 바오밥나무 줄기
의 비유는 '봉퉁아리진 인삼 하체'로 텍스트들 사이에서
반복되고 있다. 물론 '봉퉁아리'라는 어휘 역시 여러 텍
스트들 안에서 빈번하게 반복 사용되고 있다. 이는 소위
'개인적 상호텍스트성'으로 같은 시집 안 텍스트들 간의
내부 연계로 볼 수 있다.

그러나 주목되는 것은 텍스트 외부와의 관련성이다.

> 마흔 다섯에
> 카이로 박물관에서 투탕카멘의 황금 투구를 마주 했었지
> 완벽한 조형물의 극치
> 계곡의 무덤 속에서 3천 4백 년을 건너 뛰어
> 한 순간 우리에게로
> 하지만 나에겐
> 람세스 2세를 닮은 굵고 긴 목을 가진 잘 생긴
> 서른다섯의 이집트인 현지 여행 가이드

열흘 동안 내 마음을 설레게 했지
열아홉의 최고 권력자 투탕카멘의 황금 투구보다
나일강 물결 위에 넘실대던 내 중년의 그리움이
 ―「투탕카멘의 황금마스크―바오밥나무 봉선화 12」 부분

　위 시에는 잘 생긴 "서른다섯의 이집트인 현지 여행
가이드"를 향한 "마흔다섯" 된 중년 화자의 연정이 "나일
강 물결 위에 넘실대"며 그려지고 있다. 나일강은 세계
에서 가장 긴 강으로 아프리카 적도 부근에서 시작하여
북쪽으로 흘러간다. 당연히 바오밥나무도 서 있을 것이
다. 화자는 이곳을 열흘 동안 여행하며 3400년 전, "완
벽한 조형물의 극치"인 "투탕카멘의 황금 투구"를 마주
할 기회를 갖는다. 그럼에도 내내 화자의 마음은 '완벽한
조형물'보다는 살아 움직이는 '젊은 남자'에게로 끌리고
있다. 여자는 45세의 농익은 중년이다. 현지인은 "굵고
긴 목을 가진" 35세의 한참 때 남성이다. 둘 사이에는 이
미 어떤 관능적 분위기가 생성되고 남자는 자연스럽게
시제 「쌍화점」의 '회회아비'로 변모하게 된다.
　고려가요 쌍화점은 당시의 퇴폐한 성윤리를 노골적으
로 표현하여 '남녀상열지사'로 지목되기도 했지만, 상징
과 은유를 풍자적 수법으로 구사하여 차원 높은 시적 가
치를 발휘하고 있다고 평가되는 작품이다. 현대에 살고
있는 시인에 의해 상호텍스트로 견인된 이 고려속요는
현지인 가이드와 한국 관광객 여인 사이의 관능적 사랑

을 여실히 묘사하고 있다. "땀내를 비벼 섞고" "비비 꼬아대"고, "씨근덕"거린다. "연체동물의 빨판을 지닌" 한국인 이혼녀의 "끈적한 손바닥이 회회아비의/ 불룩한 허벅지를" 만져댄다. 그리고 시적 화자는 "그 잠자리에 나도 자러 가리라"라는 그 유명한 쌍화점의 후렴구를 그대로 인용하며 시를 마감하고 있다.

그러나 시 「쌍화점」의 상호텍스트성은 여기서 끝난 것이 아니다. 다른 작품과 강한 연계를 맺으며 더 많은 상호텍스트로서의 기능을 확장한다.

살아오면서 한 번도 유명한 시인을 꿈꾸어 본 적 없어요.
그냥 싯구들이 가슴에 닿았어요.
소를 몰고 가던 노인이 아름다운 수로 부인을 보고
벼랑가의 붉은 꽃을 꺾어 바치는 그리움이 좋았어요.
만두가게에서 아랍인에게 손목 잡히며 부끄러워하던
그 모가지의 붉은 핏줄이 부러웠어요.
돌아와 자리보니 다리가 넷인 처용의
둘은 내 아내 것인데 둘은 누구의 것인고
처용무의 춤사위가 미친 놈 짓은 아닌 듯 했지요
　　　　　　　　　　　　　　　－「햇볕 한 조금」 부분

시인은 자신의 시 세계를 설명하며 자신은 "유명한 시인을 꿈꾸어 본 적"은 없다고 말한다. 그러면서 자신의 가슴에 와 닿았던 몇 개의 시구들을 위 인용문과 같이 소개하고 있다. 시인은 "만두가게에서 아랍인에게 손목 잡히며 부끄러워하던" 고려 여인이 부러웠다고 말한다. 이 여인은 바로 쌍화점의 주인공이 아니었던가. 또한 화자는 "아름다운 수로 부인을 보고/ 벼랑가의 붉은 꽃을 꺾어 바치는" 소 몰고 가던 노인의 그리움이 좋았었다고 말하고, 이어 "돌아와 자리 보니 다리가 넷"인데 "둘은 내 아내 것인데 둘은 누구의 것"이냐 묻는 서글픈 처용의 노래로 이를 전개시킨다. 모두가 시인의 가슴을 강하게 쳤던 구절들이었음이 틀림없다.

수로부인에 대한 얘기는 마침내 부인의 "볼우물 미소"를 그리고 있는 「헌화가」에서, 처용에 대한 얘기는 "아내 다리가 넷에서 둘로 진화되는 기간"을 노래하는 「한」에서 다시 한 번 강한 연계를 맺고 있다. 또한 가장 오래된 고조선의 시가에서 그 제목이 채택된 「공무도하가—아소 님하 그 강을 건너지 마오」라는 작품은 다시 「열려라 참깨!—햇빛 속에 도망친 13」에서 "임아 그 물을 건너지 마오/ 임은 끝내 물을 건너셨네/ 물에 빠져 돌아가시니/ 가신 임을 어찌할꼬"라는 백수광부 아내의 애절한 노래가 그대로 인용되며 두 작품은 결속을 맺고 있다.

5.

일반적 의미에서 상호텍스트성은 텍스트가 다른 텍스

트와 맺고 있는 상호관계를 의미하지만, 그 개념은 매우 넓은 스펙트럼을 가진다. 제한적 의미에서의 그것은 위에 예시한 바와 같이 한 텍스트 안에 다른 텍스트가 인용문이나 언급의 형태로 명시적으로 드러나는 경우다. 그러나 넓은 의미에서의 상호텍스트성은 텍스트와 텍스트 사이에서 일어나는 모든 지식의 총체를 가리킨다. 이 경우 단순히 다른 문학텍스트뿐만 아니라 일반문화 전반에까지 소급된다. 즉 상호텍스트성은 비문학적 체계에서 문학적 체계로 전이되는 기호적 과정의 일부로 파악되는 것이다. '모든 의미행위는 다양한 의미체계들의 전위轉位의 장'에 지나지 않는다'라는 말은 이정미의 시편들을 정독하다 보면 매우 타당한 것으로 믿어진다.

앞서 우리 고대 시가와의 상호관계를 보았지만, 작품들을 자세히 살펴보면, 해외 고전과의 상호텍스트성 또한 얼마든지 찾아낼 수 있다. 모국의 깻잎 향기를 노래하는 「깻잎 김치」라는 시의 마지막 행은 "열려라 참깨!"로 마감된다. 그런데 이 마지막 행 "열려라 참깨!"는 「알리바바와 40인의 도적」의 첫 번째 행으로 그대로 연결된다. 코끝에 스미는 토속적 깻잎의 향기를 음미하던 우리는 순간 아득한 시·공을 넘어 머나먼 아라비아의 '천일야화' 세계로 날아가게 되는 것이다. 놀랍게도 「출구상실」에서 알리바바의 "열려라 참깨!"는 또다시 작품의 마지막 행에서 반복되고 있다. 「술래잡기」라는 작품에는 "가브리엘 마르께스의 「백 년 동안의 고독」에 창을 겨누게나/ 호세 아르카디오가 프르덴시오 목에 창을 겨누어/ 한 방에 꿰뚫어 버린 것처럼"이라는 구절이 등장한다. 작품의 구체적 내용 일부를 전하고 있는 이 시구 역시 「백 년 동안의 고독」이란 작품과 또 한 번의 강한 연결고리를 맺는다.

그뿐만 아니다. 시집 후반부에는 「햇빛 속에 도망친」이란 같은 제목의 연작이 있다. 이 시편들에는 "111년" 만의 뙤약볕, 매일 전화를 받는 "50여 일" 동안, 그리고 마지막 전화를 받는 그 날 "밤 10시 19분"과 같은 시간적 지시어들이 반복되어 등장한다. 앞서 언급했던 '개인적 상호텍스트성'의 전형이다. 또한 간과할 수 없는 것은 이 시편들에는 "락앤락" "메가박스" "스마트폰" "인터넷"과 같은 동시대에 현재진행으로 사용되는 어휘들이 빈번하게 등장하고 있다. 또한 "우리는 모두 바람 속의 먼지/ 더스트 인 더 윈드"처럼 팝송의 가사도 나타난다. 이는 「쌍화점」의 "크루즈 선내"에서 "DJ에게" 숨 가쁜 "유럽곡"을 요구하며 "쉼 없이 춤"을 추는 것과도 같은 맥락이다. 여기에서 문학텍스트뿐만 아니라 일반문화 전반에까지 소급되는 이정미 시편들의 상호텍스트성을 간파하게 된다.

이처럼 그는 자신의 작품 외부와 내부, 문학텍스트와 비문학텍스트를 망라하여 다양하게 그 의미체계의 연관을 가지는 포스트모던의 핵심적 지배소의 하나인 강한 상호텍스트성을 보여주고 있다.

6.

이정미는 자신의 창작세계에서 소위 '땅속줄기식물'根
茎, rhizome적 사유를 펼치고 있는 것 같다. 이에 대척점
에 위치하는 '수목樹木'은 뿌리, 줄기, 굵은 가지, 잔가지
순으로 질서정연한 형태를 이룬다. 우리 사회 역시 나무
처럼 잘 짜인 구조로 질서 있고 체계적이다. 이 구조와
반대되는 개념이 '리좀'으로 이는 식물학에서 말하는 땅
속에서 수평으로 뻗어 가는 '구근bulbs'이나 '덩이줄기
tubers'형태의 뿌리와도 같다. 모든 나무는 땅에서 하늘
로 향한다. 그러나 이들은 땅에서 땅속을 향하고 있다.
리좀은 땅속에서 종단하는 동시에 횡단한다. 어느 뿌리
에서 감자가 튀어 올라올지 모른다. 리좀은 비순차적이
고 비선형적이어서 인간 의식의 흐름과도 닮았다. 리좀
적 사유는 '무엇이 어떻다'와 같은 체계적 규정을 거부한
다. 봉선화와 바오밥은 의식세계와 무의식 세계의 이중
구조에서 시공간을 허물고 동격이 될 수 있다. 현실을
바탕으로 하지만 현실을 초월한 상상의 세계로 시의 영
역은 확장된다. 수목 모델이 부분의 가능성들을 제약하
는 위계와 질서를 세우는 것인 반면, 리좀은 어떤 다른
것과도 접속될 수 있고 접속되어야 한다. 이 접속은 어
떠한 동질성도 전제하지 않으며, 다양한 종류의 이질성
이 결합하여 새로운 이질성을 창출하게 된다. 따라서 하
이퍼텍스트처럼 이미지의 네트워크를 형성할 수 있다.

이정미의 상호텍스트성은 이런 점을 잘 보여준다. 나무 모델이 근대성의 표상방식이라면, 리좀 모델은 포스트모던 세계의 표상방식이 된다. 리좀은 구조적이고 위계적이고 체계적인 것을 배척한다.

나는 이정미의 창조 작업을 '포스트모던'의 성공적인 전형으로 보고 이에 합당한 분석틀로 작품을 읽어내고자 했다. 어떤 문학작품도 특정한 전통이나 사조에 속해 있게 마련이다. 그리고 이는 조수의 밀물과 썰물처럼 끊임없이 진자운동을 거듭한다. 물론 나 자신이 어떤 문학 사조를 특별히 선호하지 않는다는 것을 안다. 혹 이정미의 글쓰기가 대립되는 기존의 전통이나 사조와 긴장·갈등을 유발할 소지가 있음도 알고 있다. 그러나 바로 이 '긴장과 갈등'이야말로 문학을 비롯한 모든 예술 창조에 있어서 역동적인 '힘'이 된다는 것 또한 잘 알고 있다.

봉선화처럼 곱고 바오밥처럼 튼실한 시편들이 계속 생산되기를 기대한다.